AF309520

ASTARBÉ,

TRAGÉDIE,

PAR M. COLARDEAU.

ASTARBÉ,

TRAGÉDIE,

PAR M. COLARDEAU.

Représentée pour la premiere fois par les Comédiens Français Ordinaires du Roi, le vingt-sept Février mil sept cent cinquante-huit.

A PARIS;

Chez la Veuve BORDELET, Rue S. Jacques. vis-à-vis le Collége des Jésuites.

M. DCC. LVIII.

AVEC PERMISSION.

A SON ALTESSE
SÉRÉNISSIME

MONSEIGNEUR LE DUC
D'ORLÉANS,
PREMIER PRINCE DU SANG.

Prince, pour qui l'Eclat d'une Illustre
 Naissance
N'est pas le seul garant de l'amour de la
 France,
Mais qui né près du Thrône & du Sang des
 Bourbons,
Doit tout à tes Vertus & rien aux plus grands
 Noms,
Permets qu'un Citoyen du monde Littéraire,
S'élevant jusqu'à toi dans son vol téméraire,
Dût-il être ébloui, t'admirant de trop près,
Vienne mettre à tes pieds ses timides essais.
Je sçais que d'un coup d'œil tu peux glacer ma
 Muse;
Mais ta Grandeur se voile, & ta bonté m'excuse.
Né dans ces Murs, jadis les Défenseurs des Rois,
Où, fiere de rouler son Onde sous tes Loix,

a 3

ÉPITRE.

Et ſous ton Aſtre heureux plus ſuperbe & plus
        vaine,
La Loire dans ſon cours le diſputè à la Seine,
Au nom de ma Patrie, aux titres les plus chers,
Tu veux bien accepter mon hommage & mes Vers.
    PRINCE, puiſſent ces Vers, à l'ombre de
        ta gloire,
Gravés par ton ſuffrage au Temple de Mémoire,
Apprendre quelque jour à la Poſtérité
Que, dirigeant leurs pas vers l'immortalité,
Tu ſoutiens les Talents dans leur vaſte cariere,
Que du Cirque Français tu mouvris la barriere,
Et que les annimant du feu de ſes regards,
PHILIPPES fut le Pere & l'ami des beaux
        Arts.

ACTEURS.

PIGMALION, *Roi de Tyr.*

ASTARBÉ, *Epouse de Pigmalion.*

BACAZAR, *fils de Pigmalion.*

LEUXIS, *Princesse, amante de Bacazar.*

NARBAL, *ancien Gouverneur de Bacazar.*

ZOPIRE,
NADOR, } *Conjurés.*

ORCAN, *Confident d'Astarbé.*

ARSACE, *Chef des Gardes de Pigmalion.*

GARDES *de Pigmalion.*

GARDES *d'Astarbé.*

TROUPE DE TYRIENS.

La Scene est à Tyr, dans le Palais des Rois.

ASTARBÉ,
TRAGÉDIE.

ACTE PREMIER.

SCENE PREMIERE.

NARBAL, ARSACE.

ARSACE.

TOI, dans Tyr, toi, Narbal, Vieillard infortuné,
Marches-tu fans effroi, d'écueils environné ?
Dans ce féjour du crime & de la tyrannie,
Quel motif te conduit ?

NARBAL.

L'amour de ma Patrie ;
Les cris attendriffans d'un Peuple malheureux,
Les remords de mon Roi ; tout m'appelle en ces lieux.
On dit que déteftant le jour où l'hyménée
Au.fort d'une barbare unit fa deftinée,
Pigmalion rougit de fes longues erreurs ;
Qu'Aftarbé va fentir fes dernieres fureurs :

A

Sur ce monstre odieux je viens l'instruire encore ;
Je viens lui dévoiler des forfaits qu'il ignore.
La cruelle immola ses déplorables fils,
Ses fils, par mes leçons, dans la vertu nourris.
Que Pigmalion tremble au nom de ces Victimes !
Qu'il connoisse Astarbé, qu'il punisse ses crimes ;
Et que de la perfide à jamais délivré,
Il regne en Souverain de son peuple adoré.
Du fonds de mes Déserts, voilà ce qui m'amene :
Tu le vois, mes projets sont d'amour & de haine :
Je viens perdre Astarbé, sauver l'État, mon Roi.
Arsace, j'ai compté sur tes soins, sur ta foi ;
Destiné pour veiller sur les jours de son Maître,
Devant lui, sans péril, Arsace peut paroître :
Viens ; au pied de son Trône , il faut guider mes pas ;
Tu le peux... Tu frémis ! Tu ne me réponds pas !
Ah, Dieux !... Quoi ! d'un vain bruit mon oreille frappée.
Un faux espoir naît-il dans mon ame trompée ?
Parle.

A R S A C E.

Imprudent Vieillard, tu quittes tes déserts !
A la Cour d'un Tyran viens-tu chercher des fers ?
Connois Pigmalion. Monstrueux assemblage
De crimes, de remords, & d'amour, & de rage,
Teint du sang de Sichée & du sang de son fils,
Monarque environné d'un peuple d'ennemis,
Haï de ses sujets, en horreur à lui-même,
Esclave infortuné d'une Epouse qu'il aime,
Emporté, furieux dans ses plus doux transports,
Cruel dans ses forfaits, cruel dans ses remords,
Il est à redouter autant qu'il est à plaindre.
Dans son repentir même un Tyran est à craindre.
Ah, fuis loin du barbare !

N A R B A L.

                          Arrête ; écoute-moi.
Narbal, dans un Tyran respecte encor son Roi.
Tu l'oses condamner !... Ah ! quels que soient leurs crimes,
Marchans à pas tremblans à travers mille abîmes,
Il faut plaindre les Rois dans leurs tristes grandeurs ;
Leurs forfaits bien souvent ne sont que leurs malheurs.
Arrête... Et cependant seconde ici mon zele.
Pigmalion soupçonne une Epouse infidelle ;

Je le fçais. Viens, te dis-je ; il faut tout découvrir,
Accufer Aftarbé.
ARSACE.

Cruel, tu vas périr.
Aftarbé ! Dieux ! Narbal peut-il la méconnoître ?
NARBAL.

Je connois fon pouvoir, & mes yeux l'ont vu naître.
Conduite par l'amour au trône de nos Rois,
Sa fatale beauté fit feule tous fes droits,
La fortune l'éleve, & le foible l'encenfe :
Mais je ne puis, foulé du poids de fa puiffance,
Tomber au pieds d'un monftre, auteur des maux divers ;
Dont fa rage à rempli ce coin de l'Univers.
Du haut de fes Autels renverfons cette Idole.
Que m'importe, après tout, que fa fureur m'immole ?
Dois-je épargner un fang dans mes veines glacé ?
Pour mon Roi, pour l'Etat, il doit être verfé.
Arface, nous touchons au jour de la vengeance.
J'enfevelis encor dans la nuit du filence
Un fecret important qu'il faut taire en ces lieux.
Tantôt & loin d'ici je t'en inftruirai mieux :
Cependant, apprends-moi le fort d'une Princeffe,
Dont le malheur affreux me touche & m'intéreffe.
Leuxis, dans ce Palais voit-elle encor le jour ?
Nourriroit-elle encor un malheureux amour ?
De l'héritier du Trône amante infortunée,
Au jeune Bacazar promife & deftinée,
Elle attendoit des Dieux le prix de fes vertus.

ARSACE.

Leuxis remplit ces lieux de regrets fuperflus.
D'autant plus malheureufe, au fein de fes allarmes ;
Que l'impie Aftarbé fe repaît de fes larmes,
Que l'Auteur de fes maux jouit de fa douleur.
La vertu cependant eft toujours dans fon cœur.

NARBAL.

Vole vers elle, Arface ; & dis-lui qu'elle efpere :
Ce jour, cet heureux jour finira fa mifere.
Dieux ! Aftarbé paroît !

SCENE II.

ASTARBÉ, NARBAL, ARSACE, ORCAN, GARDES.

ASTARBÉ.

Vous, Narbal, dans ces lieux !
Ofez-vous, fans mon ordre, y paroître à mes yeux ?
Vous, qu'à mes volontés j'ai vu toujours contraire,
Vous, qui vous impofant un exil volontaire,
Sur des bords inconnus, en fecret, retiré,
Vivez depuis dix ans, à la Cour ignoré.
Narbal, dans un fujet, la fuite eft condamnable;
Et, s'il n'eft ordonné, le retour eft coupable.
Il faut juftifier l'un & l'autre aujourd'hui.

NARBAL.

Le jufte qu'on accufe, a fes vertus pour lui.
Arrêtez vos regards fur le cours de ma vie,
Madame.... C'eft ainfi que je me juftifie.

ASTARBÉ.

Inflexible Vieillard, crois-moi, le tems n'eft plus,
Où, moi-même admirant tes fauvages vertus,
J'ai fouffert que dans Tyr ton audace impunie
Me donnât tous les noms, dont elle m'a noircie;
De tant d'affrons reçus, & qu'il falloit punir,
Je veux bien aujourd'hui perdre le fouvenir.
C'eft affez me contraindre; & je me fuis flattée
D'être, dans mes grandeurs, déformais refpectée.
Je le veux, en un mot.

NARBAL.

     La jufte autorité
Trouve dans moi le zele & la docilité :
Mais je ne fçus jamais vil efclave du crime
Lui rendre, dans les Cours, un culte illégitime.

Fidele à ma Patrie , aux Souverains , aux Loix ,
C'eſt ſans déplaire aux Dieux que j'obéis aux Rois.

ASTARBÉ.

Sors ; & tremble.

Les Gardes ſortent.

SCENE III.

ASTARBÉ, ORCAN.

ASTARBÉ.

EN ces lieux quel motif le ramene ;
Du poids de ſon orgueil il accable ſa Reine !
Ici tout m'importune , & depuis quelques jours ,
Tout ſemble de ma vie empoiſonner le cours.
Leuxis , de mes grandeurs , orgueilleuſe rivale ;
Oſe uſurper mes droits & marcher mon égale.
Pigmalion lui-même , inquiet & jaloux ,
Affectant les chagrins d'un Maître & d'un Epoux ;
Et ne me parlant plus que la plainte à la bouche ,
Verſe ſur moi le fiel de ſon ame farouche.
Sur mes ſombres projets ſeroit-il éclairé ?
Le voile qui les couvre eſt-il donc déchiré ?
Je ne ſçais ; mais tantôt ſous ces voutes ſanglantes
Croyant voir de ſon fils les ombres menaçantes ,
Et ſe plaignant à moi des rigueurs de leur ſort ,
Le barbare , en ces lieux , m'a reproché leur mort.
Je le connois : il faut prévenir ſa furie.
Il avance le coup qui menace ſa vie ,
Ces Soldats vigilans , ces Gardes aſſidus ;
Ces cent portes d'airain , ces glaives toujours nuds ;
Ces foudres allumés , qui grondent près du Thrône ,
Ces orgueilleuſes Tours , que la mort environne ,
(Appareil menaçant , mais inutile appui
Qu'un Tyran met toujours entre ſon peuple & lui ,)
Rien ne peut ralentir le courroux qui m'anime.
Pigmalion , ce ſoir , expire ma victime.
Ce projet en un mot trop long-tems concerté ,
Dans ce jour de terreur doit être exécuté.

ORCAN.

Immoler le Tyran ! Quels mortels intrépides
Seconderont ici vos fureurs parricides ?
Quels sujets oseront sacrifier leur Roi ?

ASTARBÉ.

Je n'attends rien du peuple , & j'ai compté sur moi.
N'en doute point , ce bras suffit à ma vengeance.
De mes cruels transports connois la violence.
Le Tyran jusqu'ici n'a fait naître en mon cœur
Que des emportemens de haine & de fureur :
Et dans ce jour encor , ou le cruel m'outrage ,
Mon plus doux sentiment est celui de la rage.
Qu'il ne se plaigne point de tant d'inimitié ,
La sienne , plus barbare , a tout justifié.

ORCAN.

Son amour , cependant , vous place au rang de Reine.

ASTARBÉ.

Quel amour , si j'ai du lui préférer sa haine !
Par l'ordre de mon Pere attaché près de moi ,
L'habitude & le tems m'assurent de ta foi.
Orcan ; je vais t'ouvrir mon ame toute entiere ;
Cette ame , pour toi seul va souffrir la lumiere.
Rappelle-toi le jour où cet affreux Palais ,
Retentit tout à coup du bruit de mes attraits ;
Tu sçais l'obscurité du rang où je suis née ;
Sans ambition , libre , & du Trône éloignée ;
Encor dans l'âge , où fait pour les illusions
Notre cœur méconnoît les grandes passions :
J'aimois ; heureuse alors ? glorieuse & contente
Mon orgueil se bornoit au vain titre d'Amante ;
Les Dieux alloient m'unir au sort de mon époux ,
Et les flambeaux d'hymen brilloient déjà pour nous ;
Quand au lit du Tyran , malgré moi réservée ,
Des bras de mon amant je me vis enlevée.
De cent coups de poignard , je vis percer son cœur.
On ajouta bien-tôt l'outrage à la fureur.
Dans ce Palais funeste on me traîna mourante ;
Pigmalion brava les larmes d'une Amante ;
Et voulant me forcer de répondre à ses vœux ,
Il serra de l'hymen les détestables nœuds.
Quel hymen ! Le cruel , dans sa rage jalouse ,
Venoit d'empoisonner sa malheureuse Épouse ,

Et dans ce jour encor, son frere infortuné,
Sichée, à nos Autels mourut assassiné.
Orcan, il m'inspira la fureur qui m'anime,
Et dans ses bras sanglans, j'ai respiré le crime.
Assise à ses côtés sur le Trône des Rois,
Je devins politique & barbare à la fois.
Enfin, que te dirai-je ? A ses destins unie,
Le cruel m'infecta de son fatal génie.
Je voulus l'en punir ; mais pour mieux le frapper,
Il étoit soupçonneux, il falloit le tromper.
On m'aimoit, & bien-tôt au vain talent de plaire
J'ajoutai l'artifice, il étoit nécessaire :
Et sans te rappeller ces intrigues de Cour,
Fruit de l'ambition plutôt que de l'amour ;
Je pris sur le Tyran cet ascendant suprême
Que donne la beauté sur les Souverains même.
J'obtins tout ; je regnai sur son peuple & sur lui.
Mais, Orcan, mon pouvoir l'inquiete aujourd'hui :
Il m'observe, il me craint ; ma faveur diminue,
Et peut-être ma perte est déjà résolue.
De sa premiere Epouse il m'apprête le sort.
Qu'il frémisse ! ma crainte est l'arrêt de sa mort.

ORCAN.

Quel mortel près de vous doit monter sur le Trône,
Madame ? Sur quel front mettez-vous la couronne !
Vous connoissez nos mœurs, nos usages, nos loix ;
Tyr, pour la gouverner n'eût jamais que des Rois.

ASTARBÉ.

Qu'oses-tu m'opposer ? Apprens à me connoître.
Astarbé trop long-tems a gémi sous un Maître.
Je méprise un vil Peuple indocile & jaloux ;
Orcan, je régnerai sans Maître & sans Epoux.
Par de pénibles soins au Trône conservée,
Si je le partageois, je m'en croirois privée.
Je sens enfin, je sens dans le fond de mon cœur,
La vaste ambition qui mene à la grandeur.
Vois jusqu'où j'ai porté mes soins & ma prudence.
Du Sang des Souverains j'ai proscrit l'espérance :
Un obstacle puissant arrêtoit mes projets ;
Le Tyran eut deux fils, l'amour de ses Sujets,
Foibles, jeunes encor, mais qui pouvoient me nuire ;
Méprisables tous deux, mais qu'il falloit détruire ;

J'avois juré leur mort, rien ne put m'effrayer,
D'un complot criminel j'accusai le premier,
De ses plus noirs poisons j'armai la calomnie.
Le Tyran inquiet, qui craignoit pour sa vie,
N'éclaircit rien, crut tout, & sur mon seul rapport,
De son malheureux fils il ordonna la mort.
Bacazar restoit seul : plus heureux que son frere,
Il avoit pour appui la tendresse d'un Pere,
Et la pompe & l'éclat dont brilloit cette Cour,
De son fatal hymen nous annonçoit le jour ;
Cette même Leuxis dont la fierté m'offense,
L'obtenoit pour Epoux, & trompoit ma prudence :
Mais du fatal hymen je reculai l'instant,
Et ma main sépara l'Amante de l'Amant.
Il étoit dans cet âge, où Tyr voit sa jeunesse
Aller chercher les Arts dans le sein de la Grece.
J'usai de ce prétexte, il partit pour Samos,
Le Pilote séduit, le plongea dans les flots.
On crut que le Vaisseau surpris par un orage,
Avoit enveloppé le Prince en son nauffrage ;
Et le Peuple crédule adoptant ce rapport,
Il n'imputa qu'aux Dieux le malheur de sa mort.
Voilà par quels degrés l'adroite Politique
m'approche à chaque instant du pouvoir despotique ;
Il ne faut plus qu'un pas, je le fais en ce jour ;
Je sers l'ambition & je venge l'Amour.

O R C A N.

Mais ne craignez-vous point que le Peuple indocile
Ne s'oppose au succès d'un projet inutile ?
Vous devez redouter ses noirs ressentimens.
Plus d'un Peuple, Madame, a vengé ses Tyrans.

A S T A R B É.

Je ne m'abuse point ; je sçais qu'on me déteste ;
Je sçais que Tyr me voit comme un monstre funeste,
Artisan de ses maux, destructeur de ses Loix,
Ennemi de ses Dieux, & Tyran sous ces Rois :
Va, je me rends justice, & n'ai pu me séduire
Jusqu'à me déguiser la haine que j'inspire.
Mais cette inimitié qui tallarme pour moi,
Redouble ma fureur, & non pas mon effroi.
Moi, redouter, moi, craindre une foule impuissante
De foibles citoyens que mon nom épouvante !

Que

Que m'importe la haine ou l'amour des Mortels?
Orcan, je veux un Trône, & non pas des Autels.
Pourfuivons mes deffeins : on dit que dans Carthage
La fuperbe Didon forme un nouvel orage,
Et que bien-tôt ici cette Reine en courroux,
Doit venir pour venger l'ombre de fon Epoux :
Je dois la craindre, Orcan ; la foudre qu'elle apprête,
En frappant le Tyran, tomberoit fur ma tête ;
Différer, c'eft l'attendre, il faut la prévenir ;
Je fçais de quels refforts il faudra fe fervir.
Et toi, va raffembler cette foule importune
Que l'intérêt enchaîne au char de ma fortune ;
Tous ces vils Courtifans, ces flatteurs corrompus,
Comblés de mes bienfaits, me font déjà vendus.
Mais fais venir fur-tout le farouche Zopire ;
Ce Zopire eft un traître, & j'ai fçu le féduire ;
Autrefois vertueux, aujourd'hui criminel ;
Né foible, & cependant politique & cruel.
C'eft un de ces humains guidé par leurs caprices,
Dont on met à profit les vertus ou les vices.
Vole, Orcan, & fur-tout renferme dans ton cœur
Des fecrets dont tu vois la fombre profondeur.
Mais, que me veut Leuxis?

<hr>

SCENE IV.

ASTARBÉ, LEUXIS, ARSACE.

LEUXIS.

Vous l'emportez, Madame ;
J'abaiffe en frémiffant la fierté de mon ame ;
Moi, qui ne dûs jamais reconnoître vos loix,
Moi, la fœur de Sichée, & fille de nos Rois,
Je viens vous implorer : les malheurs de ma vie
M'ont réduite à l'opprobre où je fuis avilie.
Affez long-tems vos yeux ont joui de mes pleurs,
Ce Palais a pour moi d'éternelles horreurs ;
J'y frémis, & j'y vois une main meurtriere,
Fumante encor du fang de ma famille entiere.

Obtenez de mon Roi qu'abandonnant ces lieux,
Je puisse, avec Didon, sur des bords plus heureux,
Déplorer en secret nos longues infortunes :
L'hymen unit nos droits, nos pertes sont communes.

ASTARBÉ.

Madame, je le sçais, les mêmes intérêts
Vous livrent l'une & l'autre à de pareils regrets.
Didon dans le complot d'une injuste vengeance,
Vous a vue avec elle agir d'intelligence ;
Et si Pigmalion écoute mes avis,
Sa main n'unira pas ses plus grands ennemis ;
Vous ne verrez jamais les rivages d'Afrique.

LEUXIS.

Et voilà donc les soins de votre Politique ?
Me peignant à ses yeux sous d'affreuses couleurs,
De votre Epoux trompé vous armez les fureurs :
Qui de nous envers lui se montra plus perfide ?
Ai-je livré son sang à la main parricide ?
Ah ! tandis qu'à ses fils on arrachoit le jour.
L'un avoit mon estime, & l'autre mon amour :
Et cependant c'est moi que l'on traite en coupable ;
Moi, qui dans les apprêts d'un hymen favorable,
De mon frere immolé perdant le souvenir,
Au fils de l'assassin consentoit à m'unir.

ASTARBÉ.

Si Baçazar n'est plus, sa mort n'est pas mon crime.

LEUXIS.

Je ne sçais de quel bras il mourut la victime.
Mon désespoir ne peut en accuser les Dieux ;
Ils aiment les mortels qu'ils ont fait vertueux.
De plus justes soupçons s'élevent dans mon ame ;
J'ai perdu mon Amant, & vous régnez, Madame.

ASTARBÉ.

Je ne répondrai point à d'injustes discours
Dictés par la douleur, & que l'on tient toujours.
Je ne dirai qu'un mot. Oui, Madame, je régne ;
Pardonner ou punir, je puis tout.... Qu'on me craigne.

Elle s'en va.

SCENE V.

LEUXIS, ARSACE.

ARSACE.

L'INFORTUNE à ce point peut-elle s'égarer ?
Vous l'avez offensée, il falloit l implorer ;
Tout gémit, tout périt sous sa main criminelle.

LEUXIS.

Moi, que je tombe aux pieds d'une Reine cruelle !
Sans nous déshonorer, cédons à nos malheurs.
Mourons, brisons des fers arrosés de mes pleurs ;
Que mes yeux ne soient plus les témoins de sa rage :
Méprisable dans Tyr, dangereuse à Carthage,
Quand je m'apprête à fuir vers de plus doux climats ;
La barbare en ces lieux veut retenir mes pas.
Sous les loix d'une femme en esclave enchaînée,
C'est traîner trop long-tems ma vie infortunée.
J'ai fatigué le Ciel de mes vœux superflus ;
Il est sourd à mes cris, & Bacazar n'est plus !
Mourons, vous dis-je.

ARSACE.

Il faut tout espérer encore.
Le jour de la vengeance éclate avec l'aurore.
Le vertueux Narbal ramené dans ces lieux,
Nous promet ce grand jour, l'annonce au nom des Dieux.

LEUXIS.

Je connois ce Vieillard : trop sensible à mes peines.
Narbal veut me donner ces espérances vaines ;
Dont la pitié souvent amuse la douleur.
L'amertume a rempli le vuide de mon cœur.
Ah ! quand il faut haïr jusqu'à mon existence,
Que je goûterai mal une foible vengeance !

B 2

Sans être réparés, les crimes font punis.
Hélas ! Pigmalion me rendra-t-il fon fils ?

ARSACE.

D'un bonheur imprévu, Narbal veut vous inftruire ;
Princeffe, il vous attend.

LEUXIS.

Qu'auroit-il à me dire ?
Allons voir, j'y confens, ce Mortel vertueux ;
Le fage fut toujours l'appui des malheureux.

Fin du premier Acte.

ACTE II.

SCENE PREMIERE.

ZOPIRE, NADOR.

NADOR.

ZOPIRE tu connois les deſſeins de la Reine ;
Dans ce Palais ſanglant ſon ordre nous ramene.
Quoi, lorſque ſes fureurs devroient nous indigner,
Nous allons les ſervir !

ZOPIRE.

   Nador il faut régner.
Tu frémis ? Ce projet te trouble & t'intimide !
Le Tyran va tomber ſous le glaive homicide.
Seconde mon audace, & le peuple étonné
Du bandeau de ſes Rois me verra couronné.
Aſtarbé dans ce jour immole ſa Victime :
Perdons la Criminelle, & jouiſſons du crime.
Sous un Sceptre de fer trop long-tems accablés,
D'un Sceptre plus peſant craignons d'être foulés ;
Sur les débris du Trône & de la tyrannie,
Elevons un pouvoir utile à la Patrie ;
Rappellons dans ces lieux la juſtice & les mœurs.
C'eſt pour vous rendre heureux que j'aſpire aux grandeurs.

NADOR.

Dans ce vaſte projet, je te plains & t'admire.
Aſtarbé tient ici les rênes de l'Empire ;
Sur elle, ſans péril, peux-tu les uſurper ?

ZOPIRE.

Elle me craint, Nador, & je puis la tromper.

Tantôt dans fes terreurs , je l'ai vue elle-même
M'offrir , avec fa main l'éclat du Diadême ;
Elle veut que mon bras , de cet efpoir flatté ,
Enchaîne fous fes loix un Peuple révolté.
J'accepte tous les dons que me fait fa foibleffe ;
Mais c'eft pour les remettre aux mains de la Princeffe :
Leuxis , feul rejetton de la tige des Rois ,
Oppofe à mes deffeins de légitimes droits :
Heureufe & triomphante , & par moi couronnée ,
Que l'Hymen à mon fort joigne fa deftinée.
Ne crois pas cependant qu'un cœur ambitieux ,
Affervi par l'amour , en reffente les feux :
Leuxis , fans m'éblouir par l'éclat de fes charmes ,
Me plaît par fes vertus , me touche par fes larmes.
Aftarbé fur mon cœur peut moins par fes bienfaits ;
Je vois avec mépris l'orgueil de fes attraits.
O vertu ! telle eft donc ta puiffance fuprême !
On t'aime , on te refpecte au fein du crime même.

N A D O R.

Tu voudrois réunir , dans ton cœur combattu ,
La fureur , la pitié , le crime & la vertu ;
Pour éviter les noms d'ufurpateur , de traître ,
Tu défends dans Leuxis le fang qui l'a fait naître ;
Cependant ; pourfuivant ce fang infortuné ,
Tu fouffres que ton Roi périffe affaffiné !
Tu crois que fon trépas fauvera cet Empire ;
Tu veux perdre Aftarbé... Tu veux régner , Zopire.
Ah ! quels font tes deffeins ! Par quel contrafte affreux ,
Es-tu donc à la fois barbare & généreux ?

Z O P I R E.

Je fçais des Souverains quel eft le privilége.
Mon bras n'eft point armé d'un couteau facrilége.
Je voudrois de mon Roi prévenir le malheur.
Mais comment l'arracher à fa propre fureur ?
Accufer à fes yeux une Epoufe qu'il aime ;
Ce n'eft point le fauver , c'eft me perdre moi-même.
La Barbare , abüfant des droits de la beauté ,
Sçaura d'un voile épais couvrir la verité.
Et d'un amour trompeur employant l'artifice ,
Faire tomber fur moi le crime & le fupplice.
Que te dirai-je encor ? Sans ceffe partagé ,
Ami de la vertu , dans le crime engagé ,

J'ai balancé long-tems ; mais enfin moins timide ,
L'ambition me parle , & fa voix me décide.
De nos amis communs va difpofer les cœurs.
Je vais tromper la Reine en fervant fes fureurs
Elle vient , laiffe-nous.

SCENE II.

ASTARBÉ, ZOPIRE, ORCAN.

ASTARBÉ.

ENFIN, brave Zopire ,
Ce jour va terminer les malheurs de l'Empire.
Hâtez-vous , raffemblez vos généreux amis.
Servez-moi ; je l'ai dit , le Trône eft à ce prix.

ZOPIRE.

Nos Conjurés ici s'empreffant de fe rendre,....

ASTARBÉ.

L'ordre n'eft point donné , Zopire..... Il faut l'attendre.
Il n'eft pas tems encor d'annoncer mes projets ;
On ne les connoîtra qu'au moment du fuccès.
Vous que fur mes deffeins ma confiance éclaire ,
Songez qu'un Conjuré doit agir & fe taire.
Préparez en fecret ces armes , ces poignards ,
Ces inftrumens de mort , cachés en ces remparts.

ZOPIRE.

Grande Reine, croyez que l'ardeur qui m'infpire,
Que l'amour....

ASTARBÉ.

Arrêtez , vous me trompez , Zopire.
Je connois vos pareils ; la fiere ambition
Anéantit en eux toute autre paffion :
C'eft au foin de régner que leur grand cœur s'applique,
L'amour n'eft à leurs yeux qu'un reffort politique,
Qui d'un fexe crédule , objet de leur mépris ,
Peut féduire à leur gré les faciles efprits.

Mais vous n'avez point dû, quelque foin qui vous preffe ,
De ce fexe avili m'imputer la foibleffe.
Par ce lâche détour , enfin vous m'offenfez ,
Ou vous me croyez foible , ou vous me trahiffez.
Allez. Pigmalion près de moi va fe rendre :
Je l'attends , & peut-être il pourroit nous furprendre.
Laiffez-nous , & fongez quand je vous promets ma main.
Qu'un vil adorateur y pretendroit en vain :
Difputez-là , Zopire , elle eft le prix du zele.

SCENE III.

ASTARBÉ, ORCAN.

ORCAN.

Ainsi , vous couronnez un efclave infidele !

ASTARBÉ.

En offrant à fes vœux la fuprême grandeur ,
De ce vil Conjuré j'irrite la fureur.
Séduit par cet efpoir , fon intérêt l'anime ;
Et l'intérêt , Orcan , facilite le crime.
L'art d'offrir fa parole , & l'art de la trahir ,
C'eft la vertu des Grands , je fçaurai m'en fervir.
Que Zopire frémiffe en trahiffant fon Maître :
C'eft de lui que j'apprends à redouter un traître.
Je préviendrai dans lui le crime ou le remords
Et mon bras , pour tout prix , lui deftine la mort.
Hâtons de nos deffeins l'heure trop différée ,
Ou craignons du Tyran la fureur égarée :
Ce monftre d'épouvante & de trouble , oppreffé ,
Semble entrevoir le coup dont il eft ménacé.

ORCAN.

Eh qui foupçonne-t-il ?

ASTARBÉ.

Moi-même la premiere ,
Le jour , l'air qu'il refpire , & la nature entiere.
Raffemblons fur Leuxis fes foupçons odieux ;
Rendons-là criminelle & fufpecte à fes yeux.

Il faut la perdre Orcan ; Leuxis pourroit me nuire.
Mais ne nous chargeons pas du foin de la détruire.
Le Phénicien l'aime : attendri fur fon fort,
Il puniroit fur moi le crime de fa mort.
Que le Tyran l'immole , & par ce coup barbare
Qu'il autorife ici le coup qu'on lui prépare.
Des Peuples indignés qu'il devienne l'horreur.
La politique, Orcan, fait plus que la fureur.
Par la main du Tyran j'immole mes victimes ;
Et je veux l'accabler du fardeau de mes crimes.
Il vient.

SCENE IV.

PIGMALION, ASTARBÉ, ARSACE, GARDES.

ASTARBÉ.

Seigneur , quel trouble égare ici vos pas !
Où courez-vous? Pourquoi ces farouches Soldats ?
De quel nouvel effroi votre ame eft-elle atteinte ?
Ah ! Parlez.

PIGMALION.

Mes pareils font-ils jamais fans crainte ?
Madame , ces remparts de mes crimes remplis,
D'un peuple gémiffant me répétent les cris :
Hélas ! & dans ces cris jettés par l'innocence,
J'entends toujours frémir la voix de la vengeance.
Je combats vainement une jufte terreur,
Le remords me détrompe & tonne dans mon cœur.
Tout préfente à ma vue une image effrayante.
Je vois loin de ces bords une Reine puiffante,
De fes vaiffeaux nombreux couvrir le fein des mers,
Et chercher des vengeurs dans un autre Univers.
Mes fujets dans ces murs, l'Afriquain dans Carthage,
Les Dieux même irrités accélerent l'orage.
Je veux les prévenir : plus jufte déformais,
Sur un Peuple opprimé régnons par les bienfaits.

C

ASTARBÉ.

Tels font donc vos deffeins ? Quelle indigne foibleffe !
Une ombre, un vain remords, un phantôme vous bleffe !
Hé quoi, d'un Peuple vil craignez-vous les clameurs ?
Vous allez, dites-vous, réparer fes malheurs,
Répandre vos bienfaits fur cette foule obfcure ;
Ah ! laiffez-lui plutôt la plainte & le murmure.
Qu'importe qu'il gémiffe ? il eft né pour fervir.
A la rébellion craignez de l'enhardir.
Loin de la relâcher, il faut ferrer fa chaîne ;
C'eft par la fermeté que l'on dompte fa haine.
Enfin, ne fouffrez point qu'il éleve fa voix,
Qu'il ofe fur le Trône interroger fes Rois.
Des Dieux que vous craignez, imitez les exemples ;
C'eft la foudre à la main qu'ils obtiennent des temples ;
Le miftere & la crainte entourent leurs Autels.
Puniffez, & comme eux effrayez les Mortels.

PIGMALION.

Hé bien, Madame, hé bien ; il faut toujours fe rendre,
Toujours fuivre vos loix, les chérir, en dépendre.
Cependant Phadaël à la mort condamné,
Mes fujets pourfuivis, Sichée affaffiné ;
Tant de maux n'ont-ils point affouvi ma furie ?
Faut-il verfer encor le fang de ma Patrie ?
Quels funeftes confeils ! Je les ai trop fuivis,
Madame, & ce font eux qui perdirent mes fils.
A ce noir fouvenir la voix de la nature ,
Jette au fond de mon cœur un effrayant murmure.

ASTARBÉ

J'ignorois jufqu'ici le but de vos difcours,
Seigneur, mais mon efprit en a fuivi le cours ;
Le reproche les dicte, & votre ame égarée
S'abandonne aux remords dont elle eft déchirée ;
La crainte y verfe auffi fon funefte poifon,
Et l'un & l'autre enfin vous menent au foupçon.
Vous m'accufez, Cruel ! apprenez-moi mes crimes.
Cette main fume encor du fang de mes victimes,
Je ne m'excufe point, j'ai tout ofé pour vous.
Des traîtres, des ingrats font tombés fous mes coups
Leur fort vous attendrit, quelle pitié frivole,
Quand vous êtes le Dieu pour qui je les immole !

Et quels font après tout, vos crimes & les miens ?
Outrageant la nature & brifant fes liens ?
Sichée enorgueilli des droits de fa Thiare,
Prêtre féditieux, frere injufte & barbare,
Du Peuple contre vous fouleva les efprits.
Plus criminel encor le premier de vos fils,
De vos auguftes jours déteftant la durée,
Ofa lever fur vous fa main dénaturée.
Vous les avez punis, & vous qui les plaignez,
Ce n'eft que par leur mort qu'aujourd'hui vous régnez.
La violence aux Rois eft fouvent néceffaire.
Duffiez-vous m'en punir, je ne puis plus vous taire
que dans ce jour encor, dans ces mêmes momens,
Vous êtes menacé des périls les plus grands ;
qu'il faut les prévenir, ou payer de fa tête.

P I G M A L I O N.

O Ciel ! Que dites-vous ?

A S T A R B É.

La révolte s'apprête.

P I G M A L I O N.

Achevez ; nommez-moi mes lâches ennemis.

A S T A R B É.

Il en refte un, Seigneur.

P I G M A L I O N.

Ah ! quel eft-il ?

A S T A R B É.

Leuxis.

Décidez vos foupçons entre elle & votre Epoufe.
Du nœud qui nous unit, indignement jaloufe,
Leuxis médite ici de criminels deffeins ;
Tantôt elle fuyoit vers les bords Affricains.
Jugez fur cet avis quel intérêt me guide ;
Ou plutôt, je l'ai dit, que votre ame décide.
Un abîme profond eft ouvert fous vos pas :
Voyez, examinez, & ne m'en croyez pas.
Je vous laiffe, Seigneur.

C 2

SCENE V.

PIGMALION, ARSACE.

PIGMALION.

ELLE me fuit, Arsace
Le fer est suspendu, sa chûte me menace ;
Sur le soin de mes jours réveillons son ardeur ;
Mes soupçons, mes remords ont irrité son cœur.
Par elle je veux tout, je crains ou je desire.
Quel ascendant vainqueur ! qu'il lui donne d'empire !
Quoi, Leuxis me trahit !... Venge un Roi malheureux.
Qu'on la charge de fers... Il le faut... Je le veux.

ARSACE.

Ah, Seigneur, différez ! Aux genoux de son Maître,
Narbal...

PIGMALION.

Que me veut-il ? Qu'il vienne ; il peut paroître.
Hélas ! dans les horreurs de l'état où je suis :
Tout voir & tout entendre est tout ce que je puis.

SCENE VI.

PIGMALION, NARBAL.

PIGMALION.

SAGE Vieillard, approche, & bannis toute crainte,
Narbal peut aujourd'hui s'expliquer sans contrainte.
On parle de complots, de vengeurs, d'assassins.
Tu m'as dit mille fois qu'il n'est point de chemins
Qui menent jusqu'à nous la vérité sévére ;
On l'enveloppe ici des ombres du mystere.

Réponds : j'attends de toi des éclaircissemens.
Quels font mes ennemis ?

NARBAL.

Je connois les plus grands,
Dautant plus dangereux, d'autant plus redoutables,
Que voilant leurs fureurs fous des dehors aimables,
Pour les empoifonner, ils féduifent les cœurs.

PIGMALION.

Ces ennemis cruels, qui font-ils ?

NARBAL.

Vos flatteurs ;
Mortels nés pour corrompre, auffi-bien que pour feindre.
Ah ! plût aux Dieux, qu'un Roi n'eût que fon Peuple à
craindre !
Un bienfait le fléchit & peut le défarmer :
Mais le flatteur toujours nuit & fe fait aimer.
On vous trompe, Seigneur ; Aftarbé vous abufe.

PIGMALION.

Téméraire, arrêtez ! le Tyrien l'accufe,
Je ne confulte point ces fentimens jaloux,
Et je n'en crois, enfin, ni ce Peuple, ni vous.
C'eft fur d'autres objets qu'il falloit me répondre.
On dit que fur mes jours l'orage eft prêt à fondre.
L'infidelle Leuxis, injufte en fa douleur,
S'eft unie en fecret aux deffeins de ma fœur :
Elle fuyoit, dit-on, vers les rives d'Afrique.
Quels projets trâme ici fa vaine politique ?

NARBAL.

Je vous réponds, Seigneur, des vertus de Leuxis.

PIGMALION.

Elle pleure Sichée !

NARBAL.

Et pleure votre fils !

PIGMALION.

Non, je n'approuve point fa fuite dans Carthage.
Vous-même, retiré dans un défert fauvage,
Vous n'avez pu, fans crime, errant & loin de moi,
Enfevelir des jours qui font à votre Roi.

NARBAL.

Dans mon défert, Seigneur, la vieilleſſe peſante
Dénouoit le tiſſu d'une vie innocente.
Je mourois chaque jour, & mourois ſans effort.
Hélas ! m'enviez-vous la douceur de ma mort ?
Quand, ſous le faix des ans ma vieilleſſe ſuccombe ;
Serois-je à redouter ſur les bords de ma tombe ?
Le ſage ne meurt point ſous les lambris des Rois.
Loin de ces lieux, Seigneur, ſous mes ruſtiques toits,
Gémiſſant en ſecret des crimes de la terre,
Mes prieres des Dieux déſarmoient la colere.
Ma voix les imploroit pour le Peuple, pour vous ;
Et je m'étois flatté de ſuſpendre leurs coups.
Ah ! ne déchirez plus le ſein de ma Patrie.

PIGMALION.

Un Peuple factieux attente ſur ma vie !

NARBAL.

Et le flechirez-vous par d'indignes fureurs ?
Le regne le plus ſùr eſt le regne des cœurs.
Vous êtes Roi ſans doute, & ce titre eſt auguſte ;
Mais il faut être encor humain, généreux, juſte,
Offrir aux malheureux des ſoins compatiſſans.
Héros, Légiſlateurs, Monarques, Conquerans,
De ces titres pompeux dont la gloire nous nomme,
En eſt-il un pour nous plus grand que le nom d'homme ?
C'eſt le premier, Seigneur, & ſans l'humanité,
Tout, juſqu'à la vertu, n'eſt que férocité.
Vous craignez, dites-vous, le Peuple & ſa furie :
Abjurez aujourd'hui l'affreuſe tyrannie,
Et Narbal vous répond du ſalut de vos jours.
Combien ce Peuple alors en chériroit le cours !
Vos remords, vos terreurs, oui, tout ſemble vous dire
Qu'il faut pour être heureux dans les ſoins d'un Empire,
Régner par les bienfaits, par les mœurs, par les loix.
Le malheur des Etats faits le malheur des Rois.

PIGMALION.

Ote à la vérité ce langage inflexible :
Tu veux la faire aimer & tu la rends terrible.
Cruel, fuis loin de moi ; tu m'arraches le cœur.

NARBAL *aux genoux de Pigmalion.*

Ainſi vous le fermez aux cris de ma douleur !

Par ces genoux sacrés , ô mon Roi , par vous-même ,
N'irritez plus des Dieux la justice suprême.
Ah ! que ne sçavez-vous de quel bienfait heureux ,
Ils recompenseroient votre retour vers eux.
Il en est un , Seigneur , inesperé sans doute.
Le Ciel sçait les desirs & les vœux qu'il me coûte ,
Il ne les rendra point & vains & superflus.
Votre fils malheureux....

PIGMALION.

Mon fils ! je n'en ai plus.

NARBAL.

Il est vrai qu'une Reine implacable & barbare ,
Proscrivit leurs jours ; mais...

PIGMALION.

Ta haine se déclare.
Tu veux perdre Astarbé... J'entrevois vos raisons :
Sa vigilance a soin d'éclairer mes soupçons.
De vos obscurs desseins je perce le mystere ;
J'y porte le flambeau , mais en Juge sévére.
Astarbé vous déplaît , je l'oppose à vos coups ,
Et je mets ce rempart entre mon Trône & vous.
Je sçais jusqu'où vos cris portent leur insolence ;
Vous demandez sa tête ! ô fureur ! ô vengeance !
Tremble , Peuple indocile & qui m'ose irriter !
C'est elle , pour punir , que je vais consulter.

SCENE VII.
NARBAL seul.

PAR quel accueil trompeur il sçavoit me séduire !
Sur son faux repentir ma bouche alloit tout dire.
Tout , jusqu'à ses remords , n'est en lui que fureur.
Quel secret le barbare arrachoit à mon cœur !
Secret , qu'un malheureux confie à ma prudence.
Grands Dieux , ne trompez point ma plus chere espérance ;
Rendez à la Patrie un Prince vertueux :
Rendez-moi Bacazar... Hélas ! quels sont mes vœux ?
Au sein de ses remparts une femme cruelle...
Dans quel séjour de sang ma tendresse l'appelle !

O Ciel , n'écoute point mes defirs imprudens ;
Et cache la vertu loin de l'œil des Tyrans.
Cher Prince , s'il eft vrai que le Ciel favorable ;
Ait étendu fur toi fa puiffance équitable ;
Si tu vis , fi j'en crois ces traits chers & connus ,
Que ta main a tracés , & que mes yeux ont lûs ;
Fuis loin de ce Palais. Dans des climats fauvages ,
Sans doute que tes jours font purs & fans nuages.
L'humanité fenfible adoucit tes malheurs.
Et qu'aurois-tu dans Tyr ? Mes foupirs & mes pleurs ,
Tribut infuffifant qu'on paye à la mifere.
Hélas ! tu n'aurois pas le cœur même d'un Pere.
Arface ! que veut-il ?

SCNEE VIII.

NARBAL, ARSACE.

ARSACE.

Leuxis eft dans les fers.
Suis-moi , viens l'arracher au plus affreux revers.
A ma fidelité le Tyran la confie :
Mais enfin je crains tout, je tremble pour fa vie.
Pigmalion à peine avoit quitté ces lieux ,
Parcourant ce Palais , interdit , furieux ,
Il menace , il frémit , il me voit & m'appelle :
» Réponds-moi, m'a-t-il dit , d'une efclave infidelle ;
» Qu'on arrête Leuxis ; l'ingrate me trahit.
De fes cris effrayans la voute retentit.
L'implacable Aftarbé , par fes cris attirée ,
Terrible & menaçante , auffi-tôt s'eft montrée.
Tout fuit à leur afpect , & frémiffant d'horreur ,
Moi-même , je les laiffe en proye à leur fureur.

NARBAL.

Viens. N'oppofons encor que des pleurs à leur rage.
Les prieres , les vœux font les armes du fage ;
Dans le malheur public il invoque les Dieux :
Il plaint fes Rois , les fert , & meurt encor pour eux.

Fin du fecond Acte.

ACTE

ACTE III.

SCENE PREMIERE.

BACAZAR, NARBAL.

BACAZAR.

CRRUEL Narbal, cessez de retenir mes pas,
Mon pere régne ici, je vole dans ses bras.
N'opposez plus vos pleurs à mon impatience.
Vous frémissez ! Ne puis-je après dix ans d'absence,
Attendre, en ce Palais un destin plus heureux ?
Les Dieux m'ont-ils trompé ?

NARBAL.

    N'accusez point les Dieux.
Vous vivez, Bacazar, & moi-même j'admire
A travers quels écueils ils ont sçu vous conduire.
Prince, vous n'êtes plus sur ces bords étrangers,
Où vos jours couloient purs, à l'abri des dangers.
Dans ce séjour de sang la mort vous environne,
L'humanité s'y plaint, la nature y frissonne.
Venez, suivez mes pas au fond de mes déserts.

BACAZAR.

Qui, moi, languir encor au bout de l'univers !
Quels sont donc les périls que votre ame redoute ?
Leuxis vit, & ces lieux me l'offriront sans doute.
Quand je retrouve un Pere une Amante, un Ami,
Dois-je craindre les coups du destein ennemi ?
Les larmes de Leuxis ont fléchi sa colere ;
N'en doutez point, je vole...

NARBAL.

    Arrêtez, téméraire !

D

Au sein de vos malheurs je vous ai méconnu ;
Mais craignez les regards d'un œil plus prévenu.
Peut-être à votre aspect, Astarbé détrompée,
Connoîtra la victime à ses coups échappée.
Ne vous rassurez point sur un douteux oubli.
De surveillans cruels ce Palais est rempli :
J'ignore les projets de ces amés obscures ;
Mais tantôt j'ai cru voir de leurs bouches impures
Sortir l'ordre du crime & des assassinats ;
L'implacable Astarbé sembloit armer leurs bras :
De la barbare, enfin la fureur est extrême.
Je tremble pour Leuxis, pour vous, pour le Roi même.

B A C A Z A R.

O Ciel ! il est donc vrai que ce monstre odieux
Respire, & souille encor le rang des mes ayeux ?
Astarbé ! Dieux vengeurs, quels font donc les coupables,
Pour qui vous réservez vos foudres redoutables ?
Narbal rappellez-vous ces jours infortunés,
Ces lamantables jours à la mort destinés,
Ces jours cruels, témoins du meurtre de mon frere ;
Où moi-même banni de la Cour de mon pere,
De la tendre Leuxis recevant les adieux ;
Mourant désespéré, j'abandonnai ces lieux.
Que de maux m'annonçoit un éxil si funeste !

N A R B A L.

Et que tenta sur vous la main que je déteste ?

B A C A Z A R.

Nous partons. De Samos je découvre les bords ;
Dévoré d'amertume, en proie à mes transports,
Mon cœur étoit toujours rempli de mon amante.
De mes vils assassins la rage frémissante,
S'annonce par un cri dans les airs élancé ;
De l'impie Astarbé le nom fut prononcé.
Autour de la Victime on se presse en tumulte ;
Sur le choix de ma mort on balance, on consulte ;
Un reste de pitié détermine ce choix.
Leur fureur n'ose encor verser le sang des Rois.
Ces lâches meurtriers, en détournant la vue,
Me plongent en tremblant au sein de l'onde émue,

Je roule au gré des flots , & je vois tour à tour
La profondeur des mers & la clarté du jour.
La mort environnoit ma fatale exiftence.

N A R B A L.

Quel bras vous a fauvé ?

B A C A Z A R.

        La célefte puiffance
Sans doute prit alors pitié de mes malheurs.
La voix de la nature a droit fur tous les cœurs.
J'apperçois tout à coup une barque flottante,
Où des humains m'offroient une main bienfaifante ;
Ils m'arrachent des flots dans l'ombre de la nuit,
Sur les bords de Samos leur barque me conduit.
Errant, traînant par tout le poids de ma mifere,
J'arrofois de mes pleurs cette rive étrangere. ;
Mais pourquoi rappeller ce fouvenir affreux ?
La honte, le mépris fuivent les malheureux :
Leur atteinte cruelle a flétri ma jeuneffe ;
Enfin , j'ai tout fouffert.

N A R B A L,

        Dieux ! je vois la Princeffe.
Ah ! cher Prince , fuyez.

S C E N E I I.

BACAZAR , NARBAL , LEUXIS *enchaînée ,* ARSACE.

B A C A Z A R.

Où fuis-je , malheureux !
Que m'annoncent ces fers ? Leuxis efclave !... ô Dieux !

L E U X I S.

Arface foutiens-moi dans cet état funefte ;

Guide mes pas tremblans vers l'appui qui me reste.
Ah, Narbal !

BACAZAR troublé.

Ah, Leuxis !...Ces fers me font horreur.

L E U X I S.

Quel est cet inconnu, sensible à mon malheur ?
Ses yeux, à mon aspect, se remplissent de larmes !
Pour les infortunés que les pleurs ont de charmes !
Mais dites-moi, Narbal, quel est donc ce bonheur
Annoncé par vous-même, & promis à mon cœur ?
Et pourquoi ce mortel, indifférent peut-être,
Augmente-t-il l'espoir que vous avez fait naître ?

Bacazar se jette aux genoux de Leuxis.

Tu tombes à mes pieds, & ton œil enflammé !...

B A C A Z A R.

Je suis....

L E U X I S.

N'acheve pas....Va, mon cœur t'a nommé.

B A C A Z A R.

Ah ! ma chere Leuxis ! mon ame intimidée
Se refuse au bonheur dont tu me peins l'idée.
Ainsi donc tes malheurs ont égalé les miens ?
Leuxis, je veux briser tes indignes liens.

L E U X I S.

Ah ! qu'importe mes fers ? Va, ma joie est entiere ;
Cher Prince, dans tes bras il n'est rien qui l'altere.
C'est par des pleurs de sang que j'ai pleuré ta mort ;
La fureur des humains, les outrages du sort,
Les affronts, les mépris d'une Reine cruelle ;
Leuxis épuisa tout, dans sa douleur mortelle.
J'ai baissé dans l'opprobre un front humilié.
Tu vis, je te revois, & j'ai tout oublié.

B A C A Z A R.

Errant, & fugitif de rivage en rivage,
Mes malheurs n'avoient point ébranlé mon courage.
Je me croyois alors le seul infortuné.
Mais que dans ce Palais, à tes pieds ramené,

Loin d'y finir nos maux & nos communes peines ;
Je doive encor me plaindre & pleurer fur tes chaînes ;
Ce dernier coup du fort accable ma vertu.
Que punit-on dans toi.

LEUXIS.

Ma douleur.

BACAZAR.

Que dis-tu !

Quel monftre affez barbare ? ....

LEUXIS.

Arrête : c'eft ton pere.

BACAZAR.

Je vole à fes genoux défarmer fa colere.

LEUXIS.

Non, cher Prince, demeure .... Ah ! fçait-il pardonner ?

BACAZAR.

Il reverra fon fils.

LEUXIS.

Il va l'affaffiner !
Aftarbé dans fes bras te pourfuivroit encore.
Tu déchires, cruel, une ame qui t'adore.
Ah ! ne préferes point la nature à l'amour !
L'écouta-t-on jamais dans cette affreufe Cour ?
N'expofe point des jours plus chers que mes jours même.
Cher Prince, ton bonheur fait mon bonheur fuprême.

NARBAL.

Ah, Ciel ! Aftarbé vient.

BACAZAR.

Son afpect odieux
Me fait frémir d'horreur.

LEUXIS.

Cher Prince, au nom des Dieux ;
Au nom de notre amour, diffimule.

NARBAL.

Je tremble.

Ah ! ne la bravez point.

SCENE III.

ASTARBÉ, BACAZAR, LEUXIS, ARSACE, ZOPIRE, NARBAL, GARDES.

ASTARBÉ.

LA haine les raffemble.
Mais, quel eft ce mortel inconnu dans ces lieux ?

NARBAL.

Le hazard vient ici de l'offrir à nos yeux.

ASTARBÉ *à Bacazar.*

Qui t'amene à la Cour ; & quelle eft ta Patrie ?
Réponds-moi.

BACAZAR.

C'eft dans Tyr que j'ai reçu la vie:
J'en fortis malheureux, profcrit, abandonné ;
J'y reviens plus à plaindre & plus infortuné.

ASTARBÉ.

Quels font donc tes deftins ?

BACAZAR.

L'opprobre & la mifere.

ASTARBÉ.

Dans ce Palais des Rois que cherches-tu ?

BACAZAR.

Mon Pere.

ASTARBÉ.

Quel eft-il ?

LEUXIS *à part.*

Je frémis !

BACAZAR.

                        Arraché de ſes bras ,
Loin de lui , dès l'enfance , on entraîna mes pas.
On le dit malheureux : je le plains & je l'aime.
Que l'auteur de nos maux les éprouve lui-même !

ASTARBÉ.

Ce n'eſt point me répondre, & ces vagues diſcours...

.NARBAL.

Madame, de quels ſoins....

ASTARBÉ.

                        J'entrevois vos détours.
Je ſçais ce qu'en ces lieux prépare votre haine.
Un eſclave , courbé ſous le poids de ſa chaîne ,
Contre ſes Souverains aigri par le malheur,
A la révolte , au crime ouvre aiſément ſon cœur.
Sur vos fronts interdits la terreur eſt empreinte.
Ma préſence vous trouble.... Il s'abaiſſe à la feinte.
Sur vos ſombres complots c'eſt aſſez m'éclaircir.
Quel que ſoit ce mortel , c'eſt un traître à punir.
Qu'on l'arrête.

NARBAL.

          Madame , à la Cour de leur Maître
Les mortels malheureux ne peuvent-ils paroître ?
La demeure des Rois n'eſt-elle plus pour eux
Un azile auſſi ſûr que les Temples des Dieux ?
Que vous importe , enfin , qu'un malheureux reſpire !

ASTARBÉ.

Tout importe à qui ſçait gouverner un Empire.
Qu'on l'entraîne , ſoldats.

NARBAL.

             Ah ! Madame , arrêtez !
Je réponds de ſa foi.

ASTARBÉ.

        aux Gardes.   *à la Princeſſe.*
Suivez leurs pas.... Sortez.

SCENE IV.

ASTARBÉ, ZOPIRE.

ASTARBÉ.

QUE prétendoit ici ce mortel téméraire ?
Il unit à la fois l'orgueil & la mifere.
J'ai tremblé devant lui ; je ne fçai quel effroi
A fon fatal afpect s'eft emparé de moi !
De fa voix, de fes traits, une confufe idée
Frappe & faifit encor mon ame intimidée....
Enfin, pourquoi Narbal & la fiere Leuxis,
Sur ce mortel obfcur fembloient-ils attendris ?
Je le met en vos mains, répondez m'en Zopire ;
Egalez votre zele au trouble qu'il m'infpire.
De foins plus importans, mon efprit agité,
Vers de plus grands objets eft maintenant porté.
Répondez ; eft-il tems d'immoler un barbare ?
Méritez-vous enfin le prix qu'on vous prépare ?

ZOPIRE.

J'ai tout prévu, Madame, & tout fert vos projets.
Il eft près de ces murs des lieux fûrs & fecrets ;
J'ai caché dans leur ombre une troupe hardie
De Soldats éprouvés, qui m'ont vendu leur vie.
Didon, depuis long-tems arme les Afriquains ;
Si Carthage tentoit quelques nouveaux deffeins,
Notre Port vomira fur la mer allarmée
Une flotte inombrable, en fes flancs renfermée.
C'eft ainfi qu'au dehors j'ai prévu les hafards.
Voyez ce que j'ai fait au fein de fes remparts.
Au fidele Nador cette Ville eft livrée.
Maderbal de ces lieux doit deffendre l'entrée ;
Cléobule, obferver vos Ennemis fecrets.
Enfin, tout vous répond d'un rapide fuccès.
Commandez à mon bras, ces invincibles armes
Répandront dans ces murs les horreurs, les allarmes ;
Et digne enfin du prix offert à ma valeur,
Je l'obtiendrai, Madame, à titre de vainqueur.

ASTARBÉ.

ASTARBÉ.

Oui, fans doute, la force eſt ici néceſſaire.
Je connois, comme vous, l'indocile vulgaire ;
Il ſoutiendra les droits de ſon Maître égorgé ;
Il faudra le combattre après l avoir vengé.
Dans ſes divers tranſports qui pourroit le comprendre ?
D'un Tyran qui n'eſt plus, il révere la cendre.
On l'a vû conjurer, s'armer contre ſes Rois :
Mais il court les venger, il reconnoît leurs voix.
Quand du fonds de leur tombe & du ſein des ténebres,
Ils ne lui parlent plus que par des cris funebres.
La pitié ſur ſon cœur fait plus que le devoir.
Mais, Zopire, à ce peuple enlevons tout eſpoir.
Le ſang des Souverains peut m'être encor funeſte :
De ce ſang odieux qu'on épuiſe le reſte ;
Qu'on immole Leuxis.

ZOPIRE.

       Le ſort à ſes retours,
Madame ; de Leuxis il faut ſauver les jours.
On parle de Didon, des deſſeins de Carthage :
Que la Princeſſe ici vous tienne lieu d'otage.
Puiſque vous la tenez captive en ce Palais,
Elle ne pourra nuire à vos vœux ſatisfaits.

ASTARBÉ.

Il eſt vrai ; je crains peu ſes impuiſſantes larmes.
Que peut-elle tenter avec ces foibles armes ?
J'approuve ce conſeil ; il faut la conſerver.
Je crains peu l'ennemi que je puis obſerver.
Leuxis de mes ſuccès répondra ſur ſa tête.
Il ſuffit. Laiſſez-nous.

SCENE V.

ASTARBÉ, ORCAN.

ASTARBÉ.

L A coupe eſt-elle prête ?
Et mes ordres en tout ſont-ils exécutés ?

ORCAN.

Dans de fombres détours vos Gardes apoftés,
Au moment du triomphe immoleront Zopire.
Tous ont juré fa mort.

ASTARBÉ.

             Oui, je dois le détruire.
Ce mortel politique, en fervant mes deffeins,
Veut rendre fa grandeur l'ouvrage de mes mains.
J'ai porté le flambeau dans fon ame profonde.
Il afpire en fecret au premier rang du monde.
Il veut régner : qu'il meure. Et nous, Orcan, & nous,
Allons fur le Tyran porter les derniers coups.
L'heure attendue approche, elle m'appelle au crime.
La vengeance à l'Autel va traîner ma victime.
Pigmalion, tremblant au fonds de ce Palais,
Sous le marbre & l'airain fe cache à fes fujets.
J'ai répété les noms de Leuxis, de Carthage :
A ces mots, il frémit. L'épouvante, la rage,
Le défordre, l'horreur, ces tranfports violens,
Reffentis par le lâche, & faits pour les Tyrans ;
Il les éprouve tous. Au jour il fe refufe :
Il invoque les Dieux, que bientôt il accufe.
Il m'appelle à grands cris. » Ecoutez, m'a-t-il dit,
» Le Ciel veut fe venger ; mon peuple me trahis.
» Votre cœur eft-il pur & fidele à fon Maître ?
» Diffipez un foupçon, trop injufte peut-être.
» Tantôt je veux qu'ici, par l'Enfer & les Cieux
» Par le fer de Thémis, par la coupe des Dieux,
» Par moi, par notre hymen, par la liqueur facrée,
» Vous confirmiez la foi que vous m'avez jurée.
Orcan, voilà le but où mon art l'a conduit.
Il fe livre à mes coups. Viens, fuis-moi : le tems fuit.
Profitons des momens offerts à ma vengeance.
L'intrépide exécute où le foible balance.

Fin du troifieme Acte.

ACTE IV.

SCENE PREMIERE.

LEUXIS, ARSACE.

ARSACE.

AH ! Madame, ceſſez d'errer dans ce Palais,
Rendéz à vos eſprits & le calme & la paix.

LEUXIS.

Arſace, c'en eſt fait, le farouche Zopire
A conſommé ſon crime & Bacazar expire.

ARSACE.

Le Prince eſt inconnu dans cet affreux ſéjour
Oublié dans ſes fers, vil aux yeux de la Cour,
En but au ſeul mépris, il reſpire peut-être.

LEUXIS.

Arſace, à ſes vertus peut-on le méconnoître ?
Mais enfin, s'il vivoit ignoré dans ces murs
Croirai-je que caché ſous des dehors obſcurs,
Et ſous le voile affreux de ſon humble miſere,
Au fer des aſſaſſins il puiſſe ſe ſouſtraire ?
Sa perte en eſt plus ſûre ainſi que mon malheur.
Des barbares humains je connois la fureur ;
Ils verſent ſans pitié, le ſang d'un miſérable.
Malheureux le mortel que l'on croit mépriſable.
Des intrigues des Grands, reſſort infortuné,
L'homme vil qui leur nuit eſt bientôt condamné.

ARSACE.

Eſperez tout encor ; un vieillard reſpectable
Oppoſe ſa prudence au bras qui vous accable.

E 2

Soit qu'un Dieu le dérobe aux yeux de nos Tyrans,
Soit qu'on méprife en lui la foibleffe des ans ;
Narbal eft libre encor. Tranquille dans l'orage,
Et montrant à nos yeux la fermeté du fage,
Des fureurs de la Reine il obferve le cours.
Il veille fur le Prince, il veille fur vos jours.
Sans doute un Dieu vengeur & l'éclaire & le guide;
Narbal peut arrêter le fer du parricide.
Narbal verra Zopire, il peut fléchir fon cœur ?

L E U X I S.

Ah ! connois-tu Zopire & toute fa fureur ?
Un faux efpoir t'abufe : où le crime eft l'arbitre
La vertu ne peut rien & n'eft plus qu'un vain titre,
Arface, fi j'en crois mes noirs preffentimens ,
Ce jour, ce jour funefte eft fait pour les Tyrans.
Je leve, en frémiffans, les voiles politiques,
Dont on couvre à nos yeux des projets tyranniques;
Pigmalion, tranquille au fonds de ce Palais,
Dans les bras d'Aftarbé goûte une affreufe paix.
Il femble en ces inftans que leur rage repofe.
Repos cruel, Arface, & dont je vois la caufe,
On veut nous abufer par ce calme trompeur.
On prépare en fecret le glaive deftructeur.
Je vois tout, & bientôt les flambeaux funéraires
Eclaireront la nuit de ces fombres myfteres.
Je ne fçais, mais enfin, je fens couler mes pleurs,
Les Dieux m'ont trop appris à prévoir mes malheurs.

S C E N E I I.

L E U X I S, Z O P I R E, A R S A C E, GARDES.

Z O P I R E.

DE fecrets importans je viens pour vous inftruire.
Madame, permettez qu'Arface fe retire.
Tantôt de l'inconnu vous plaigniez les deftins,
L'imprudente Aftarbé le confie à mes mains,

Je défendrai ses jours, & je prétends encore
Vous sauver des périls que votre cœur ignore.
Votre perte est jurée, une femme en fureur,
De ses desseins sur vous, va poursuivre l'horreur;
Mais le crime s'aveugle & l'on peut le surprendre.
Au rang de vos Ayeux, Princesse osez prétendre.
Dites un mot, parlez, & soumis à vos loix,
Zopire vous éleve au Trône de nos Rois.

LEUXIS.

Ton maître vit encore & tu m'offres l'Empire

ZOPIRE.

On attente à ses jours & peut-être il expire.

LEUXIS.

Pigmalion périt !

ZOPIRE.

Peut-être en ce moment,
Trompé par l'appareil d'un auguste serment,
Dans la coupe fatale, à ses mains présentée,
Il boit l'affreuse mort qu'il a trop méritée.
Sa parricide épouse....

LEUXIS.

O crime ! ô jour affreux !

ZOPIRE

Punissons la perfide & régnons en ces lieux.

LEUXIS.

O Ciel ! je ne vois point ces voutes ébranlées,
Aux dépens de mes jours, sur ta tête écroulées.
Perfide, voilà donc les secours généreux
Que ta pitié cruelle offre à des malheureux.
Pour punir Astarbé, tu te rends son complice.
Tu permets, pour régner, que ton maître périsse ?
D'un œil indifferent tu le vois égorger?
Lâche, il faut le défendre & non pas le venger.
Je connois tes desseins. Fuis loin de moi barbare.
Je ne t'écoute plus.

ZOPIRE.

Quel trouble vous égare ?

Et pourquoi ces tranſports d'un aveugle couroux;
On immole un Tyran ; Madame , oubliez vous
Qu'il plongea le poignard au ſein de votre frere ?

LEUXIS.

Mais , j'adorai ſon fils , il eſt mon Roi , mon Pere ;
Et toi même , perfide , as tu donc oublié
Les auguſtes ſermens dont ton cœur eſt lié ?
Ta rage vainement s'applaudit & ſe loue ,
Elle me fait horreur & je la déſavoue.
J'en atteſte le Ciel ! ce Ciel vengeur des Rois.
Dieux défendez mon Maître , & ſoutenez ſes droits ;
Dieux , dérobez ſa tête à la main meurtriere ;
Imprimez ſur ſon front un ſi beau caractere ,
Si ſemblable à celui de la Divinité ,
Si grand , qu'il en impoſe à leur férocité.

ZOPIRE.

Hé bien , craignez l'effet de ma fureur extrême.
J'allois vous élever à la grandeur ſuprême.
Vos mépris orgueilleux m'annoncent un refus.
Ingratte , frémiſſez ? Je ne balance plus.
J'appuyerai les deſſeins d'une Reine barbare ;
Mais quelque ſoit le ſort que ſa main vous prépare ,
Sous quelque coup fatal que tombe l'inconnu ,
Songez alors , ſongez que vous l'aurez voulu.
La Couronne n'eſt point un bien que je dédaigne.
On me l'offre aujourd'hui , je l'accepte & je régne ;
Aſtarbé mieux que vous confirmera mes droits.
Qui punit les Tyrans ſçait faire auſſi des Rois.

LEUXIS.

Conſomme ta fureur , va lui porter ma tête.

ZOPIRE.

Gardes , veillez ſur elle , & vous , tremblez.

SCENE III.

NARBAL, & *les Acteurs précédens.*

NARBAL.

ARRETE.
Qu'ai-je entendu, cruel, ton Maître infortuné
Périt au pied du Trône & meurt empoisonné !
De ce lâche attentat, Zopire eſt le complice !
Mais non je te connois & je te rends juſtice.
Viens ; craignons qu'Aſtarbé par de rapides coups...

LEUXIS.

Oui, Zopire, courons.

ZOPIRE.

Que me propoſez-vous ?
Que je ſauve un barbare & que je rampe encore,
Sous le joug d'un Tyran que l'Univers abhorre !
Et quel ſeroit le prix d'un zele iufructueux.
L'eſclavage !... La Reine offre un Trône à mes vœux ;
Je reçois d'elle un don que Leuxis me refuſe,
Je la ſers, je le dois.

NARBAL.

Mais, Aſtarbé t'abuſe.
Toi-même, penſes-tu que le peuple ſoumis,
Te laiſſe ſur un Trône où ſes mains t'auront mis.
Que dis-je ? Lâche époux de cette Reine impie,
Eſpere-tu régner ſur ta triſte Patrie ?
Elle régnera ſeule, ou bien dans ſes ſoupçons,
Tu la verras encor préparer les poiſons,
Carreſſer ta foibleſſe, & colorant ſon crime,
Dans ſes embraſſemens étouffer ſa victime.
Quels cœurs plaindront alors tes deſtins rigoureux ?
Tu feras criminel autant que malheureux !
Mais ſçais-tu quels degrés vont te conduire au Trône ?
Songe qu'un peuple entier le défend, l'environne.
Avant d'y parvenir, il faut l'enſanglanter,
Et c'eſt ſur des tombeaux que tu dois y monter.

Si tu l'ofes, cruel, plonge tes mains fumantes
Au fein de ces époux, de ces meres tremblantes
De ces foibles enfans, renverfés dans leurs bras:
Non, Zopire, ton cœur n'y confentira pas.
Tu refpecte ton Maître & tu vas le défendre.
Il en eft tems encor. Déjà je crois entendre
Un cris victorieux vers le Ciel élancé ;
Je vois autour de toi, tout un peuple empreffé,
Et l'époufe & l'époux, & le fils & le pere.
Tous tes concitoyens, tes amis, Tyr entiere,
Je les entens venter, confacrer ta valeur,
Te nommer leur foutien & leur libérateur.
Que la vertu, Zopire, eft douce & confolante,
Elle parle à ton ame, incertaine & tremblante.
Sur l'efpoir des grandeurs peux-tu la dédaigner ?
Qu'aurois-tu réfolu ? réponds – moi.

ZOPIRE.

De régner.

NARBAL.

Implacable mortel, voilà donc ta réponfe ?
Je vois tous les malheurs que ta rage m'annonce,
Mais dans les grands périls il faut tout hazarder:
Fais venir l'inconnu.

LEUXIS.

Qu'ofez-vous demander ?

Cruel , vous le perdez.

NARBAL.

Il faut fauver fon pere.

ZOPIRE.

Quel eft donc cet efclave, & que prétends-tu faire ?

NARBAL.

Qu'il paroiffe, te dis-je, & foyons fans témoins.

LEUXIS.

Que produiront pour lui ces inutiles foins ?

ZOPIRE.

Vous prenez à fon fort un intérêt bien tendre,
Madame, j'y confens, je veux ici l'entendre :
Qu'il vienne.

NARBAL.

NARBÀL.

Je verrai jufqu'où va ta fureur.
Efclave ambitieux, farouche ufurpateur.
Tu ne fçais pas encor quel fang il faut répandre.
Ton Maître affaffiné, fon Trône mis en cendre.
Ses Sujets malheureux, fous le glaive expirans ;
Quels que foient fes forfaits, il en eft de plus grands.

S C E N E V.

B A C A Z A R, & les Acteurs précédens.

NARBAL.

Paroissez Bacazar ; toi, frappe fi tu l'ofes ;
Voilà ton Souverain.

ZOPIRE.

Qui, lui ? tu m'en impofes.
La mort nous a ravi l'héritier de nos Rois.

LEUXIS.

Ah, cher Prince !

BACAZAR.

Leuxis ! eft-ce vous que je vois ?
Ciel ! au fond de mon cœur quel effrayant murmure ?
Un cri de mort, s'y mêle aux cris de la nature !
Ah ! Narbal, expliquez ces noirs preffentimens !
Mon Pere...

NARBAL.

Il meurt peut-être en ces affreux momens !

BACAZAR.

Il meurt ! & l'on permet, on fouffre qu'il périffe !

NARBAL.

Son époufe l'immole & voilà fon complice.

BACAZAR.

Ce barbare ! ah ! cruels, trop cruels ennemis,

F

Sur fa cendre fumante affaffinez fon fils.
Périffent à la fois le Monarque & l'Empire.
Oui, reconnois-mois, frappe infidele Zopire.
Ma vie eft un tourment que je reproche aux Dieux.

LEUXIS.

Tu demandes la mort !

BACAZAR.

Le jour m'eft odieux !
Quelle foule de maux environnent mon être !
Je détefte à jamais le jour qui m'a vu naître.
Les Dieux même ont forcé mon cœur à les haïr.
Ils trahiffent mon pere, ils le laiffent périr.
Leur privilége eft vain, s'ils ne vengent le nôtre.
Dieux, la caufe des Rois n'eft-elle plus la vôtre ?
Si vous fouffrez en paix, les crimes des mortels.
Si le Trône eft détruit, tremblez pour vos Autels.

LEUXIS.

Zopire !

BACAZAR.

Ciel que vois-je ? à fes pieds ! vous, Princeffe ?

LEUXIS.

Je tremble pour tes jours, pardonne à ma tendreffe.
Et toi, puifque ton cœur vainement combattu,
A fon ambition fait céder fa vertu,
Régne, mais en montant à la grandeur fuprême,
N'abufe point d'un rang ufurpé fur nous-même.
Et n'appefantis point fur cet infortuné,
Le Sceptre de nos Rois à fes mains deftiné.
Qu'il vive ! Que crains-tu ? Maître de cet Empire,
Qu'importe à ton bonheur que mon amant refpire ?
L'Univers l'abandonne. Enfin, fi dans ces lieux,
Le fils des Souverains épouvante tes yeux,
Ne peut-il loin de toi jouir de la lumiere ?
Voudrois-tu lui ravir jufqu'au jour qui l'éclaire ?
Il eft de tous les biens que tu lui veux ôter,
Le feul qu'aux malheureux on n'ofe difputer.

ZOPIRE.

Je vais donner mon ordre.... Allez.

LEUXIS.

O ciel ! je tremble !

BACAZAR.

Chere Leuxis, du moins nous périrons enfemble.

SCENE VI.

NARBAL, ZOPIRE.

NARBAL.

JE ne te quitte point. Où vont-ils? Tu te tais?
Ton front eft obfcurci ; tes regards font diftraits !
Ces deux infortunés marchent-ils au fupplice?
Il faut fur tes deffeins que ta voix m'éclairciffe.
Vas-tu perdre Aftarbé ? Vas-tu fauver ton Roi?
Es-tu jufte ou coupable ? Enfin réponds.

ZOPIRE.

Suis-moi.

Fin du quatrieme Acte.

ACTE V.

SCENE PREMIERE.

LEUXIS *amenée par des Gardes.*

TANDIS que l'on pourſuit le cours des attentats,
Zopire veut qu'ici l'on retienne mes pas !
Zopire ! ô déſeſpoir, ô mortelles allarmes :
Sans doute le barbare inſenſible à mes larmes,
De ſes Maîtres trahis abandonnant les droits,
De l'impie Aſtarbé ſuit encore les loix.
Si des pleurs de Leuxis ſon ame étoit touchée,
Des bras de ſon Amant l'auroit-il arrachée ?
Non, je n'eſpere plus. Et pour comble d'horreur,
On me fuit, on me livre à toute ma douleur.
Arſace ne vient point ; le cruel m'abandonne !
Mais je le vois... ô Ciel ! il ſoupire, il friſſonne !

SCENE II.

LEUXIS, ARSACE.

LEUXIS.

QUE viens-tu m'annoncer ?

ARSACE.

Le plus grand des malheurs.

LEUXIS.

J'ai perdu Baçazar ! c'en eſt fait ; je me meurs !

ARSACE.

Il vit ; mais malheureux de furvivre à fon Pere.
Pigmalion n'eft plus !

LEUXIS.

Un monftre fanguinaire.
A donc vu réuffir fes complots déteftés ?
Et le lâche Zopire...

ARSACE.

'Ah ! Madame, arrêtez.
Zopire à la vertu rappellé par vos larmes,
Au parti de fes Rois a confacré fes armes.
Mais éclairé trop tard, & trop long-tems féduit,
De fon lent repentir il a perdu le fruit.
Zopire, de fon Roi n'a pû fauver la vie ;
L'indomptable poifon l'avoit déjà ravie.
Quel fpectacle effrayant s'eft offert à mes yeux !
Trahi par fes fujets, abandonné des Dieux,
J'ai vu Pigmalion roulant fur la pouffiere,
Soutenant avec peine un refte de lumiere :
Dans cet état où l'homme, au moment de périr,
Joint le tourment de vivre à l'horreur de mourir.
Aftarbé, près de lui, jouiffant de fon crime,
D'un regard fatisfait parcouroit fa victime,
Et du breuvage affreux précipitant l'effort,
Avec des cris de rage elle appelloit la mort.
Du front de fon Epoux je l'ai vue elle-même
Arracher d'une main le facré Diadême,
Et de l'autre tenir le Vafe empoifonné,
A des meurtres nouveaux fans doute deftiné.
Enfin, cédant au feu dont l'ardeur le dévore,
Le Roi meurt, Aftarbé le contemploit encore ;
Quand Zopire, fuivi de fes amis troublés,
Au milieu du tumulte avec peine affemblés,
Vers fon Maire immolé, vole & fe précipite.
Des obftacles offerts vainement il s'irrite.
Le péril étoit fûr, & que peut la valeur
Contre la force unie à l'aveugle fureur ?
Moi-même, abandonné d'une garde infidelle,
Je n'ai pu prévenir cette Reine cruelle :
» Un Peuple d'affaffins, de farouches Soldats,
« D'une enceinte de fer environnoit fes pas.

» Grands Dieux ! les criminels ont-ils tant de prudence ?
» Sur les murs du Palais la barbare s'élance ;
» L'épouvante & l'horreur fembloient la dévancer.
Contente de fon crime elle ofe l'annoncer.
Alors, vous euffiez vu tout le Peuple en allarmes ;
Fondre fur ce Palais, courir, voler aux armes.
L'étendart de la mort flotte au pied de ces murs.
Mais fortant tout à coup, par des détours obfcurs ;
Des Soldats furieux, animés au carnage,
Précédés du tumulte, & fuivis du ravage,
Sur ce Peuple éperdu fondent de toutes parts.
Le fang des Citoyens inonde ces remparts.
Madame, c'eft alors qu'informé que Zopire
Dans ces lieux retirés vous avoit fait conduire ;
J'ai revolé vers vous, plein de trouble & d'effroi ;
Pour veiller fur des jours confiés à ma foi.
Tel eft l'ordre facré, que le Prince lui-même...

L E U X I S.

Hélas ! quel foin l'occupe en ce péril extrême !
A-t-il cru que mes jours me feroient précieux,
Quand les fiens menacés me font craindre pour eux ?
Quand fon Pere n'eft plus, qu'efpere-t-il encore ?
Quels feroient fes deffeins ? Réponds.

A R S A C E.

Je les ignore.
Anéanti du coup dont fon Pere eft frappé,
Dans un morne filence, il refte enveloppé ;
Et s'il fort quelquefois du trouble de fon ame,
Parmi de longs fanglots, il vous nomme, Madame.
Mais, Narbal & Zopire, (ou mes yeux font trompés,)
D'un projet important paroiffoient occupés :
Sans doute ils méditoient le falut de l'Empire.
On ignore en ces lieux les deffeins de Zopire :
La Reine croit toujours qu'à fa fuite entrainé,
Qu'au char de fa fortune, en Efclave enchainé,
Foible, & s'abandonnant à fon puiffant génie,
Zopire, fur fes pas, marche à la tyrannie.
Mais, Madame, il paroît.

SCENE III.

LEUXIS, ZOPIRE, ARSACE.

ZOPIRE.

AH ! Princesse, tremblez !
Que dites-vous, ô Ciel !

ZOPIRE.

Nos malheurs font comblés ?
A l'amour de mes Rois mon ame ramenée
N'afpiroit qu'à fauver leur vie infortunée :
Cet efpoir me flattoit, les Dieux me l'ont ravi.
De mes Soldats, du Prince & de Narbal fuivi,
J'allois aux Tyriens faire enfin reconnoître
L'Héritier de l'Empire, & le Sang de leur Maître.
Le Peuple fous fes murs, combattoit pour fes Rois.
Au nom des Dieux vengeurs j'éléve enfin ma voix ;
Je nomme Bacazar, & plein de confiance,
Du fils des Souverains j'annonce la préfence.
Mais, foit, que prévenu, qu'indigné contre moi,
Le Tyrien féduit, ait foupçonné ma foi,
Ou foit que dans le choc des débris & des armes:
Ma voix fut étouffée au fein de tant d'allarmes ;
Le Peuple furieux s'eft élancé fur nous.
Envain nous réfiftons à l'effort de fes coups.
Jugez du trouble affreux de mon ame éperdue,
Le Prince enveloppé difparoît à ma vue.
Accufant à la fois & les Dieux & le fort,
Au travers des poignards je cours chercher la mort.
Mais de nos vains amis le déplorable refte,
Malgré moi me ramene en ce Palais funefte.

ARSACE.

Peut-être que le Prince à la mort échappé...

ZOPIRE.

Je le croyois Arface ; & je me fuis trompé.

Oui , ce jour n'eſt marqué que par des parricides ;
Autant qu'ils ſont cruels nos malheurs ſont rapides.
On nomme Aſtarbé Reine , & le Peuple empreſſé
Court au-devant du joug dont il eſt menacé.
Au pied de ces remparts tout a changé de face :
La paix ſuccéde au trouble , & la crainte à l'audace.
Fuyons ; tout autre eſpoir nous devient ſuperflus.
Puiſqu'on trahit les Rois , le Prince ne vit plus.

L E U X I S.

Que dites-vous ? Moi , fuir de ce Palais funeſte ?
Si Bacazar n'eſt plus , quel azyle me reſte ?
Il n'en eſt plus pour moi. Dans l horreur de mort ſort,
Je n'attends rien des Dieux , je ne veux que la mort.

Z O P I R E.

» Vivez , ne ſouffrez pas qu'Aſtarbé ſur le Trône
» Aviliſſe en ſes mains le Sceptre & la Couronne.

Aux genoux de Leuxis.

» Au nom de vos Ayeux , qu'elle a deshonorés ;
» Au nom de votre Amant , par ſes mânes ſacrés ;
Vivez , jettez ſur vous un coup d'œil plus tranquille :
Sauvez de tant de Rois l'héritiere & la fille.
L'implacable Aſtarbé va rentrer en ces lieux ;
Fuyons , & prévenons ce monſtre furieux.
C'eſt elle ! Sort cruel.

S C E N E   I V.

A S T A R B É , L E U X I S , Z O P I R E , A R S A C E , *Gardes.*

A S T A R B É *aux Gardes.*

Arretez ce Perfide.

à Leuxis.

Entre nous aujourd'hui la fortune décide ,
Orgueilleuſe Princeſſe , & tes lâches mépris.
Dans le ſein de la mort vont recevoir leur prix.

Ta

Ta faction gémit sous mes mains triomphantes :
J'ai vu fuir devant moi ces Légions tremblantes
D'indociles Sujets , d'esclaves mutinés ;
Mon triomphe est écrit sur leurs fronts prosternés.
Pour me jurer la foi , que j'ai droit d'en attendre,
Les Chefs des Tyriens doivent ici se rendre.
Tremblez ! à mes succès mesurez vos revers.
Mon Trône est préparé ; vos tombeaux sont ouverts.

LEUXIS.

A d'injurieux cris pourquoi borner ta rage ?
On n'anéantit point la vertu qu'on outrage.
Frappe : de tous les coups que ton bras m'a portés,
Ceux que j'attends encor sont les moins redoutés.

ASTARBÉ.

Eh bien , Perfide , eh bien , il faut te satisfaire.
C'est assez balancer les traits de ma colere.
Gardes , obéissez : qu'au sortir de ces lieux ,
De leur vue importune on délivre mes yeux.

ZOPIRE.

Barbare ! Connois donc les remords de Zopire.
Ta politique habile avoit sçu me séduire :
Mais mon cœur , indigné de tes lâches forfaits ,
A bien-tôt détesté jusques à tes bienfaits.
Le mortel , que tantot tu n'as pu reconnoître ,
Couronné pas mes mains , auroit été ton Maître ;
La Princesse , rendue au rang de ses Ayeux ,
Auroit fini le cours de ton regne odieux.
Mais l'aveugle destin autrement en ordonne.
Nos Rois sont dans la tombe , & tu montes au Trône.
Je vais subir leur sort , & je suis trop heureux ,
Puisqu'enfin , malgré toi , je mourrai vertueux.

ASTARBÉ.

Aux Gardes.
Obéissez , sortez . . . . Mais le Peuple s'avance.

SCENE V.

BACAZAR, LEUXIS, ASTARBÉ; NARBAL, ZOPIRE, ARSACE, *Troupe de Tyriens, Gardes.*

Le fond du Théâtre doit paroître rempli d'un gros de Tyriens, qui, en se développant laisse voir Bacazar : il s'avance vers les Gardes qui emmenent la Princesse & Zopire.

BACAZAR aux Gardes.

PERFIDES, arrêtez !

LEUXIS.

O céleste puissance !
Ah ! cher Prince, est-ce vous ?

BACAZAR.

Reconnoissons les Dieux...

ASTARBÉ.

L'Inconnu !.. Sort cruel !

BACAZAR.

à Astarbé   *à Zopire & à Arsace.*
Tremble !...   Soyez heureux.

ZOPIRE.

O mon Prince !

ARSACE.

O mon Roi !

ASTARBÉ.

Cet Esclave leur Maître ?
au Peuple.
Défendez vôtre Reine, & punissez ce Traître.

NARBAL.

Reconnois Bacazar à tes coups échappé.

ASTARBÉ.

O destin ! De quels traits mon œil est-il frappé !
Sur les Mers de Samos le sort m'a-t-il trahie ?

LEUXIS.

C'eſt lui n'en doute point, trop barbare ennemie ;
C'eſt l'héritier des Rois par le Ciel éprouvé ;
Au Peuple, à mon amour, par le Ciel conſervé.

BACAZAR.

Deux fois j'ai vû ta rage à me perdre occupée ;
Le Ciel eſt équitable, & deux fois t'a trompée.
Ce Peuple par Narbal, ſur mon ſort éclairé,
A tourné contre toi ſon bras déſeſpéré ;
Il vouloit de ces lieux renverſer les barriéres :
Je l'avouerai, j'ai craint tes fureurs meurtrieres ;
Je n'ai pu, ſans frémir, entrevoir des ſuccès,
Qu'il falloit acheter du ſang de mes Sujets.
J'ai tremblé pour Leuxis, en tes fers retenue ;
Mais enfin j'ai vaincu ſans t'avoir combattue.
Je t'ai fait annoncer la victoire & la Paix :
Tu viens de nous ouvrir les portes du Palais.
Vers cet éceuil caché les Dieux t'ont entraînée ;
Et c'eſt pour t'immoler que l'on t'a couronnée.
Tu frémis…Le remords ſuccéde à ta fureur !

ASTARBÉ.

Tu te trompes ; la rage eſt ſeule dans mon cœur.
L'Univers m'abandonne en ce péril extrême ;
Mais va, qui ne craint rien ſe ſuffit à ſoi-même.
J'ai ſçu donner la mort, & je ſçaurai mourir.

BACAZAR.

Qu'on l'immole, Soldats.

ASTARBÉ, *ſe poignardant*

Je vais te prévenir.

BACAZAR.

» Sortons.

ASTARBÉ.

» Pourquoi me fuir ? Craindrois-tu ma préſence ?
» Lâche tu ne ſçais pas jouir de ta vengeance.
» J'ai vu mourir ton Pere, & mon œil à loiſir
» D'un ſpectacle ſi doux a goûté le plaiſir :
» Imite des fureurs, dont j'ai donné l'exemple.
» Un Ennemi mourant vaut bien qu'on le contemple.
» Mon aſpect déformais peut-il t'inquiéter ?
» Oui, tremble ; en expirant je vais t'épouvanter.

Ne crois pas que ma perte assure ta puissance ;
L'abîme s'est à tes pieds creusé par la vengeance,
Je l'ai mis autour de toi mille Ennemis secrets,
Cruels, dissimulés, & pleins de mes projets ;
Au-Trône des Tyrans tu montes sur ma cendre ;
Et j'espere qu'un jour ils t'en feront descendre.
Mais c'en est fait... Je meurs !... Qu'on m'ôte de ces lieux ;
J'ai bravé les mortels, est-il encor des Dieux ?

On l'emmene.

SCENE DERNIERE.

BACAZAR, LEUXIS, NARBAL, ZOPIRE, ARSACE.

BACAZAR, *au Peuple.*

Amis & Citoyens, vous l'avez entendue ;
Je n'en crois point les cris de sa fureur émue.
Mon Pere par vos coups n'est point mort égorgé ;
Vous couronnez son fils, & vous l'avez vengé,
A soupçonner vos cœurs rien ne peut me contraindre.
Je régne. J'aime mieux vous aimer que vous craindre.
Leuxis, ce jour de pleurs n'est point fait pour nos feux.
La nature gémit, quand l'amour est heureux.
Plaignons l'ombre d'un Pere, & donnons à sa cendre,
Des honneurs, des devoirs qu'il est affreux de rendre.
Allons, & puissions-nous dans le sein de la paix,
Oublier d'Astarbé le régne & les forfaits.

Fin du dernier Acte.

J'ai lû par ordre de Monseigneur le Chancelier, *Astarbé, Tragédie ;* & je crois que l'on peut en permettre l'Impression. A Paris ce 1 Avril 1758.

CREBILLON.